JN194162

# 句集 封蠟

FURO
Kiko Shimazaki

島崎季子

ふらんす堂

封蠟／目次

句集

# 封蠟

# I

# 無聊

無憂樹に触れたる蝶のすでに遠し

薄氷を踏み父のこと父のこと

可惜夜の水差しに梅真白なる

裏山に春月ゴドー待つごとく

鳥帰るかつて円周率美しき

冴えかへる手のひらほどの白磁壺

青空にすこし疲れていぬふぐり

春の野へ戻らぬ球を打ちつづけ

白梅や少年後ろ手にナイフ

卒業期　四句

卒業歌焼け跡に牛繫がれて

目薬の転がつてゐる卒業期

たんぽぽに触れてつめたし卒業す

父の墓に蝌蚪の紐埋め卒業す

トルソーの腕の断面遠雪崩

春の夜の余震か猫の尾に触れて

歯の疼く夜や卓上に種袋

どの家もひとりはピエロ鳥雲に

レシートの裏へひと言春の雷

春愁の回送電車見送りぬ

道化師の投げしミモザの黄をつかむ

春の夜やマレ路地裏の銀の猫

左腕に抱かれたき日のシクラメン

朧夜に足す一粒のアーモンド

親指の無聊なる日の春灯

かたくりの花なかんづく姉の恋

淡雪をメメント・モリの人の群

揺れのこるふらここ夜の片隅に

栓抜けし貌一列に春の禽

春雷や鏡の中のふた心

喪の明けて月に抱かれて遠蛙

水槽にしづもる街の春灯

春愁や卵の殻のうすみどり

静脈のさぐられてゐる朧の夜

すれ違ふジタンの香り春の雪

傘の骨抱き春愁の淵に佇つ

幽谷に沿ひて一村風光る

あらくさのひとかたまりの芽吹きかな

星移りけり花冷のガラスペン

ジンジャーの匂ふ仔猫を膝の上

転生のありなし春の虚貝

あをあをと息づくかげり蝌蚪の紐

主なき鳥籠八十八夜寒

阿修羅の掌よりうすずみの一落花

走り根は花の真闇に西行忌

# 原罪

この夏もやがてあの夏ソーダ水

被爆三世と告げてさらりと螢の夜

カサブランカリリー五月のデスマスク

原罪の薔薇より赤き靴を買ふ

しあはせに不慣れで薔薇の首を切る

# 薔薇垣へ女は消えて

## 第二章

細口の銀の水差し夏館

少し鬱交むめだかを眼の端に

つなぐ手のなくて薄暑の白孔雀

月桃の花より白き乳房かな

梅雨の蝶翅ふるはせて壜の中

合歓咲けり旅の半ばを雨に倦み

逆光に山の幾重や瓜冷す

忽必烈の領土の涯て旱星

消印はアルジェの切手夏の暮

青葉戦（さや）ぐ釘太太と磔刑像

残照の貼りついてゐる黒揚羽

出水後のひとときは星のニュータウン

太宰忌の銀器に指紋重ねけり

武蔵野を洗ひあげたり夏の雨

峰雲や騸馬は蒼き草を食み

百合白し新宿の夜を見下ろして

かりそめに女教師触れし青林檎

前任者の金魚へ昼の餌をやる

前略と書いてそれから金魚玉

補助輪を外し夏の子出来あがる

翻車魚が翔ぶ朝焼の高速路

向日葵の首へ銃口空涸る

ロックとか平和とか灯蛾音たてて

麦酒苦し街は矩形の影を曳き

蛇衣を脱ぐ高層街の片隅に

青蔦の館忌明けの釘を打つ

月涼し路地より犬を抱く女

上野動物園　五句

さびしくて象は青葉の風を嗅ぐ

身じろがず象しろがねの夏の月

夏至の夜の檻の死角に眠る禽

梅雨の蝶上野の森を殯とす

旱天や重なりあひて檻の鳥

泉汲むいつかはうすれゆく少女

白昼の空蟬途方にくれし貌

堂守の掌をこぼれたり初螢

粛々と百物語瓜冷す

影のない街に陰置き蟬の殻

虚言は晩夏の化粧ポーチから

くちなはの脱ぎたる衣の秘色色

# 海境（うなさか）

波よ波よ哀しみの檸檬かじる

八月の水の匂へる万華鏡

八月の樹下に笑はぬ母を据ゑ

月赤し液状化する深夜バス

天為無為人為残暑の有平棒

空港に月少年兵にカラシニコフ

銀漢やつがひの鸚鵡抱いて眠る

くちづけに月は軌道をはづれけり

誰の忌となくひややかに耳飾

胡桃割る月の欠けたる街に棲み

猿酒や酔ひて土偶の腰まはり

秋雲や百万回を生きた猫

記紀の山水胡桃の行方など知らず

海境（うなさか）を行きどころなく今日の月

甲斐絹の翳織りあぐる秋の暮

八月八月ボクサーの影沸騰す

デコルテに刻む夜と昼桃すする

月光を纏ひて輓馬逝きにけり

葛城へ雨にけぶれる月の道

手すさびに銀漢の縁繕はむ

猫の尾の野分の月に濡れてをり

星流れつくして我に尾骶骨

秋の夜のウツボカズラに耽けりけり

秋茱萸のその先端に炎をつけよ

秋日濃し刻ゆつくりと木のベンチ

かなかなや等間隔に死者生者

露草と虫の骸と露に濡れ

虫の闇止みて黒子のひとつあり

骨壺抱く虫の小闇を抱くに似て

喪籠の笊に朱欒のけふの色

すすき原滲みくる血の蒼さかな

烏瓜曳けば父母こぼれけり

ふたつの訃遠くに聞いて夜の桃

月光の一滴愛のうらおもて

# 竜骨

# 蒼みゆく月暈の幻(かげ)憂国忌

言語野も街もゆつくり冬に入る

初時雨小駅小駅を乗り継いで

手鏡のかくもしづかに年暮るる

極月の一隅にあるピカソの青

浅く眠るガラスの臓器初明り

何も見てをらぬ人形冬座敷

くさぐさの名のかがよへる冬の朝

やはらかくもの打ちあへる冬野かな

聖典の天金に触れ蝶凍てぬ

無明無私胃弱癇癪石蕗咲けり

廃船の竜骨星の凍つる音

寒月下にがき檸檬の巴里に眠る

観覧車影を残して凍てにけり

何の実か冬三日月に濡れてをり

法名は二十一文字雪催

枯荻やひと揺れごとに海の青

東京の真ん中に干す蒲団かな

金環の耳輪遠火事見てをりぬ

ゴーギャンを恋ふ桃色の風邪薬

冬薔薇触るれば香の蒼きこと

きつかけはｉｆ空港のポインセチア

コンと泣く肌の冷たき女かな

遠山に雪降る二日目のカレー

光年の真闇より雪そして黙

霞ヶ浦白鳥の里　二句

ふくらんできて白鳥の翔びたてり

十二月八日白鳥高鳴けよ

少女と猫とみぞるるコインロッカーと
クリスマスローズみなそれぞれの星を得て

牡蠣を剝くまめな男と暮らさむか

遺されし柱時計が寒く鳴る

老婆三人限界点に着膨れぬ

折り直す鶴の嘴霜夜更く

ふたたびを約して冬の泉かな

鎧戸をこぼるる月の凍てにけり

詩に痩せて二・二六なほ寒昴

凍星やコロラトゥーラを遠く聞き

冴ゆる夜のたとへば玻璃の落つる音

透きとほる狼（いぬ）の踏み跡寒の峪

切株に凍蝶の影我の翳

家族とはただ枯芝に日の当たる

# II

# 鱗翅

月満ちて鱗翅一枚石の上

白桃の傍へに黙示録の喇叭

年一度螺子巻く時計原爆忌

豆莢を剝く手をやすめ敗戦忌

しなやかにくづれて闇へ踊の輪

鬼灯を鳴らして情けかけらるる

空海はまこと男や涼新た

何にでも胡椒は多め星祭

逆縁の墓のちひささこぼれ萩

油揚(あげ)甘き助六寿司や稲の花

耳鳴りの夕べ花野にまぎれたる

もう鳥になれずピーマン縦に割る

蟷螂の卵嚢ほどに人を恋ひ

本日は鬱こすもすの揺れてをり

秋夜読む恩師の自註ひとつづつ

痩せ骨を曝し蟷螂月へ飛ぶ

スキャンダル好きの仔猫の良夜かな

銀漢やルーペに読みて梵字経

一茎の遠忌の花を月の家

迷ひ来て猫月光に爪を立つ

秋の蚊を打ち六道の辻にたつ

誰待つとなく麻酔科の秋灯

鷺は頸たつぷり撓め秋の暮

月浴びて展翅のごとき大都会

柘榴一顆撃ちてモーゼの杖の尖

左手のための傀儡流れ星

虫の闇妹うつくしく昂れり

干柿や父の忌日に何もせず

またひとり風の薄をわたり来し

紅葉且つ散りぬひと夜の遠流の地

かまつかや街かげり人翳りける

出雲には出雲の作法走り蕎麦

神楽坂この新豆腐いかにせむ

# 象番

君逝けりゼブラゾーンの初時雨

レノン忌のからくり時計より軍歌(マーチ)

革命を知らぬ暮雪のペンナイフ

三白叟降車す聖樹飾前

合鍵の鈍きひかりや冬の鵙

門川に瀬あり淵あり年新た

みちのくの破魔矢を抱いて搭乗す

冬薔薇別れはひと言にて足れり

交響詩零番枯木星の尖

ドアマンの影曳くことも冬景色

月冴ゆるジェルソミーナが吹く喇叭

梟鳴く夜の基督のふくらはぎ

冬ざれの葬送赤いランプに尽く

鳥葬に風葬に日の枯れゆけり

血脈や雪降る街の灯の驕り

主なきペン先に月凍てにけり

冴え冴えと手首に軋むバーコード

星の死の遅れてとどく枯木道

草も石も枯れつくし山闇を抱く

ポインセチア双子の姉と弟と
西口のみぞるるワインバーのノブ

枯葉踏む音ひそやかに寒明忌

寒月やかの象番の斧の上

寒紅やコルトレーンを聴きながら

ゆふかげの枯葦に鴛片倚れり

荒星や焦土に刻む砂時計

ポーの詩の一行ほどの寒夕焼

葛湯吹き一日だけの疑似家族

埋火や晩年を父たひらかに

枯れふかくして山祇の翳りたる

誤字脱字衍字寒星見尽くして

何を見てきたか葉末の凍蝶は

風花やたとへば死者へ旅人へ

# このわたこのこうたかたのひと日了ふ

# 虚数

みちのくの未生のひかり初雲雀

殺生の後の寂光梅真白

洛北の梅しろがねに翳りけり

薄氷に影をのこして男去る

石三つ積めば仏や花菜雨

虚数には居場所がなくて春の月

蝶の翅一片といふ重さかな

花びらにくちびる触れて変声期

夜桜は水面に色を紀しけり

ダリの眼のドットドットの朧かな

拾ひ来し仔猫聖書の重さほど

週末は猫に抱かれてシクラメン

春の雪ジャングルジムを出て病みぬ

淡雪の殊に匂へる忌明けかな

ジャムひと瓶ほどの同棲サイネリア

始祖鳥は春のひかりを妊りぬ

老犬アポロ旅立つ　二句

春風にかすかに触れて逝きにけり

めくれゆく火葬の煙すもも咲く

木偶の手に片道切符山桜

メビウスの輪の真ん中に陽炎へり

春月や汽水の街に仮住ひ

梅白しざくざくと截つ会津蕎麦

水揺れて花の真昼となりにけり

花冷やデスデモーナの偏頭痛

うれひありおほかた蝌蚪の紐ほどの
雪雑ぜの杏の花を仰ぎけり

花に雨猫の尻尾でサドル拭く

三毛猫も漱石猫も春惜しみ

花くづの掃きよせられて露人の碑

花冷の乳房やマスカレード果つ

父へ　四句

父逝けりつぐなふに似て花辛夷

逢ふためにに菜の花畑に孵りけり

春の灯をともして父を赦しけり

花冷や言ひそびれたることひとつ

すれ交ひしは白蝶かその残響か

鳥雲に入る空つぽの養命酒

羊皮紙に置く春愁の頭文字

この山のむかうは信濃蚕の眠る

ヘリオトロープしづかにものを言ふ人と

青饅や鞍馬山の雨を聴くばかり

結び目に千の鬼棲む花衣

ゆく春の銀の指輪をはづしけり

# 青胡桃

# 風量は弱に殯の扇風機

日輪の金粉に触れ揚羽老ゆ

金環食くづれ琉金目覚めたる

葉桜やひとつ外して鍵の束

鳥籠に扉がふたつ桜桃忌

この赫く渇いた星の蝸牛

瑠璃蜥蜴ナザレの壁の継目より

誰も触れてはならぬ昼顔ねむるらし

予約席しづかに夕立上がりけり

愛終りぬたとへば汗のハーレー鍵（キー）
と言ひつつ夜の毛虫を焼きつくす

ふるさと捨てまはり道して遠花火

瓜冷し折り目正しく別れけり

大鏡夏の暖炉を映すのみ

その辺に椅子畳まれて避暑の宿

婚約す白壁に蟻遊ばせて
花嫁がヴェール脱ぎたる半夏かな

ふたたびの羽化したき日のサングラス

堂守の男結びの涼しさよ

遠雷を来て何某と名乗らるる

神籬や棚田は夏の月を病み

アンディウォーホルの蕃茄丸ごと齧りたし

かりそめの異邦人たり薔薇に雨

# 水といふ平らなるもの青胡桃

友逝けり　四句

どこにゐても君、ほたる火ひとつならあげる

仮通夜のひとりに開く水中花

蘭鋳と鏡花全集遺さるる

月涼し弔鐘ひそやかに湖へ

おほむらさき断碑に触れてゆきにけり

混沌の街や香水（プワゾン）の一滴

たつぷりと星を置く夜のかたつむり

月あれば百合のかをりのうとましき

蟹走る僧の出自は不明にて
海鞘喰うてその日母より父恋し

鬱の字を四捨五入して夏了る

遠く鳴く近く鳴く吾が夕河鹿

封蠟も薔薇もくれなゐ濃かりけり

『封蠟』畢

# あとがき

四半世紀余の今は死語となった企業戦士を退きふとした機会を得て俳句の扉の前に、いつの間にか十数年が過ぎました。ここ三一〇句の一句一句の背後にはその時々のゆらぎが、言葉の息づきがよみがえります。出版に際し多くの方々にご助言を頂きまた敬愛する先生がたとの俳縁に感謝申し上げます。

二〇二四年八月

島崎季子

島崎季子（しまざき・きこ）

東京生まれ。外資系企業を退職後、俳句に出会い句作開始。
「群青」「山河」に所属。
Mail：k.shim-zermatt@kind.ocn.ne.jp

句集　封蠟　ふうろう

二〇二四年九月三〇日　初版発行

著　者——島崎季子

発行人——山岡喜美子

発行所——ふらんす堂

〒182-0002 東京都調布市仙川町一―一五―三八―二F

電　話——〇三（三三二六）九〇六一　FAX〇三（三三二六）六九一九

ホームページ　https://furansudo.com/　E-mail info@furansudo.com

振　替——〇〇一七〇―一―一八四一七三

印刷所——三修紙工㈱

製本所——三修紙工㈱

定　価——本体二二〇〇円＋税

ISBN978-4-7814-1689-2 C0092 ¥2200E

乱丁・落丁本はお取替えいたします。